De l'étoile à la Source

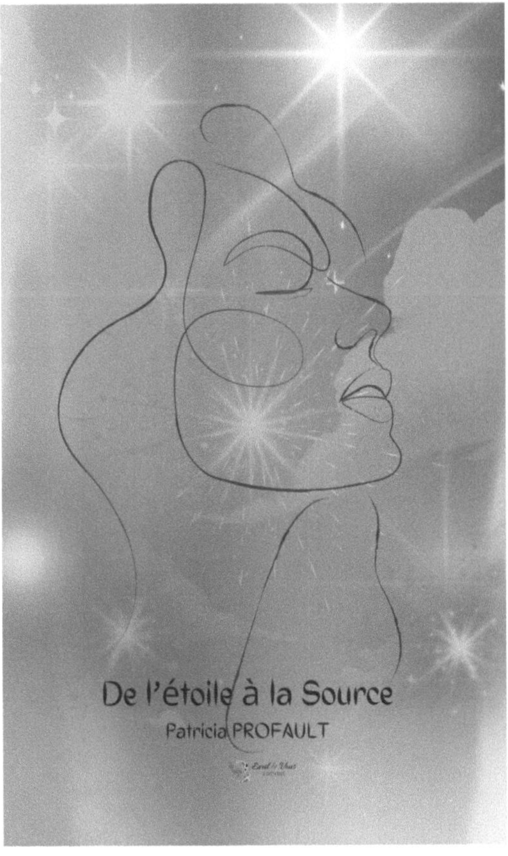

De l'étoile à la Source

De l'étoile à la Source

Copyright

Tous droits réservés. Aucune partie de cette publication ne peut être reproduite, stockée dans un système de récupération ou transmise sous aucune forme ou par aucun moyen, électronique, mécanique, photocopie, enregistrement ou toute autre manière, sans l'autorisation préalable écrite de l'auteur

Créé par Patricia Profault
Couverture et illustrations : Lise Larbalestrier
Tous droits réservés©
Seconde édition 2024
EVEIL & VOUS EDITIONS
ISBN Editeur D/2024/14.946/08
ISBN : 978- 2-930993-37-9
www.evartcademie.com

Impression : Libri Plureos GmbH, Friedensallee 273, 22763 Hamburg (Allemagne)
Dépôt légal: Novembre 2024

De l'étoile à la Source

De l'étoile à la Source

Dédicace

De l'étoile à la Source

Note de l'auteure

Peintre, poète et auteure, j'ai la spécificité d'utiliser l'Art Thérapie comme outil d'évolution et l'art graphique comme moyen de transmission. En effet, mes œuvres sont inspirées de mon parcours, ma démarche est axée sur la Connaissance de Soi et la Confiance en Soi. Mes écrits et mes peintures sont des odes à la vie et à la joie.

En 2007 j'ai emprunté un chemin dans le développement personnel pour retrouver un équilibre émotionnel suite à des problèmes de santé. Cette démarche m'a permis de retrouver confiance en moi.

Aujourd'hui, je réside dans la région Nantaise, en France. A 62 ans, j'anime des ateliers d'arts créatifs & bien-être avec une amie auprès d'adultes et dans des foyers logements.

En écrivant ce conte inspiré de mes expériences, j'ai pu explorer un autre univers, celui de l'imaginaire. Je me suis beaucoup amusée à l'écrire.

Je remercie Virginie, Sophie, Sandrine, Marine et Lise pour leur aide. Quelle belle co-création! Un grand merci également à mes proches pour leur soutien, je vous aime.

C'est en compagnie de Noëllia, qui représente l'enfant retrouvée, l'ange, la fée que vous ferez ce voyage. Et Domi, le personnage principal sera vous !

Je vous souhaite une belle aventure en votre compagnie !

Patricia

CHAPITRE 1

LA PRÉDICTION

De l'étoile à la Source

La veille de Noël est un jour particulier : d'un côté de la rue, à gauche, on peut apercevoir un marché très animé, de l'autre côté, une fête foraine. Il fait froid. La fête bat son plein. Une odeur de vin chaud vient réchauffer l'atmosphère. C'est noir de monde et une cacophonie joyeuse règne.

Une silhouette vêtue d'un jean et d'une doudoune bleue marche au milieu de la foule et des manèges. Elle observe tout ce beau monde : les couples, les célibataires (enfin ceux qui en ont l'air), les familles... Différentes générations se côtoient, rient, échangent, s'ignorent aussi. Elle passe près d'un distributeur de bulles. Les éclats de rire et l'énergie déployée par les enfants pour les attraper la font sourire. Cependant, c'est un sourire teinté d'une certaine tristesse...

Malgré toute cette effervescence, Domi (elle est prénommée ainsi par ses proches) se sent seule et un peu perdue. Pourtant, tout va bien pour elle : elle entretient de bons rapports avec sa famille, elle a des amis, des collègues, un travail qui lui plaît et elle est en bonne santé. Même si elle a traversé de dures épreuves ces dernières années, elle ne comprend pas ce qui lui arrive.

Pourquoi ressent-elle ce sentiment profond qu'il lui manque quelque chose ?? Quel sens donner à sa vie aujourd'hui ?

Alors qu'elle est plongée dans cette réflexion, surgit de nulle part une bohémienne ! Celle-ci est vêtue d'une longue robe sombre en velours, d'un grand châle sur les épaules, de beaucoup de bracelets, bagues et colliers en breloque et en or. Ses cheveux sont cachés sous son foulard noir.

La gitane pose brusquement sa main sur le bras de Domi, lui retourne la main pour lui prédire son avenir et lui déclare :

— Tu vas voyager et tu ne te sentiras plus jamais seule.

Puis elle disparaît comme elle était arrivée. Domi, perplexe, reste surprise par cette rencontre fortuite et décide de rentrer chez elle. Elle termine les préparatifs pour le dîner du lendemain, elle a prévu de recevoir sa famille et des amis.

— Encore une journée de passée, se dit-elle en soupirant.

Se dirigeant vers le balcon pour prendre l'air, elle admire le ciel bien dégagé et reconnaît la constellation de la Grande Ourse.

— Oh ! Une étoile filante ! Hum... j'aimerais tant voyager et m'évader parmi les étoiles, se dit-elle.

Fatiguée, elle va se coucher sans dîner. La rencontre avec la bohémienne occupe ses pensées. Elle programme son réveil et s'installe bien au chaud sous la couette. Elle ne tarde pas à plonger dans un sommeil profond, sans soupçonner que son imaginaire s'apprête à l'emmener voyager loin, très loin... Et c'est moi, Noëllia, qui, par l'intermédiaire de ton inconscient, va te permettre Domi de vivre une expérience dont tu te souviendras longtemps. C'est parti !

CHAPITRE 2

UNE BULLE POUR UNE HISTOIRE

De l'étoile à la Source

— Une bulle, deux bulles… Te voilà entourée d'une multitude de bulles de savon, elles volent autour de toi. Tu te souviens : elles viennent du distributeur ! Celui de la fête foraine. Allez Domi, choisis-en une. Ce sera ton véhicule pour ce formidable voyage que tu t'apprêtes à faire. À travers cette bulle, tu peux tout ressentir en sécurité, car elle est translucide, fine et solide à la fois. Tu détiens ce pouvoir de la faire apparaître et disparaître quand bon te semble, en un claquement de doigts. Maintenant, installe-toi confortablement à l'intérieur, c'est un véritable cocon, si douillet… Une jolie boîte contenant une fiole, une besace ainsi qu'une petite cloche sont à ta disposition. Le moment venu, ces objets te seront bien utiles.

Et voilà, ta bulle prend de la hauteur. La vue est magnifique, il y a peu de nuages dans le ciel, c'est impressionnant ! Tu vois les autres bulles s'éloigner.

Sous tes pieds, tu observes une vallée immense. Des troupeaux de moutons commencent leur transhumance. Ils se dirigent vers les hauteurs pour brouter l'herbe des alpages, encadrés par des bergers et des Patous, ces gros chiens de berger blancs. Tu distingues quelques habitations isolées, déposées par-ci, par-là, dans la montagne. Quelle splendeur ! Ce paysage est vraiment très apaisant.

Justement, ce beau pâturage en bas t'attire, tu décides d'atterrir. Et hop !

Là, pieds nus, tu marches dans l'herbe fraîche. Tu ressens ce contact si agréable avec la terre. Devant toi, il y a une cascade. Tu entends le bruit des chutes d'eau sur les rochers. Un plan d'eau s'y est formé. Il est entouré de roseaux et autres plantes luxuriantes. L'air est vivifiant et stimulant à la fois. À tes pieds quelques cailloux, tu en ramasses et les lances pour faire des ricochets.

— Croa !! Croa !! Que se passe-t-il ? Ça ne va pas non ! interpelle une grenouille.

— Excuse-moi, je ne voulais pas t'importuner, je voulais juste m'amuser, réponds-tu en souriant.

— Tu m'as réveillée ! Sais-tu l'heure qu'il est ? Oh ! Il n'y a plus de respect de nos jours, faudrait faire un peu attention aux autres ! grommelle la grenouille.

— Il est midi. Désolée, je ne t'avais pas remarquée.

— Bon, bon, tu es pardonnée ! Qui es-tu ? Que fais-tu par ici ?

— Je m'appelle Domi, je pars à l'aventure avec ma bulle.

— Ah oui ! C'est une sacrée expérience que tu tentes là ! Alors écoute mon conseil. Suis le ruisseau qui te conduira à la rivière. Je pense qu'une des clés de ton histoire se trouve là-bas.

— Merci pour ton aide. Encore toutes mes excuses d'avoir perturbé ton sommeil. Au revoir.

— Bonne route ! ajoute la grenouille, avant de refermer ses paupières.

CHAPITRE 3

LE PAYS DES VŒUX

De l'étoile à la Source

De l'étoile à la Source

Tu prends la direction que la grenouille t'a indiquée. Deux petits papillons te précèdent, ils tournoient dans les airs. Leurs ailes formées d'une mosaïque de taches noires et blanches ont l'aspect d'un damier. C'est un ballet de séduction qui se joue devant tes yeux. Tu essaies de les attraper sans y parvenir. Tu éclates de rire ! À ton grand étonnement, ils viennent se poser sur ta main. L'un d'eux s'adresse à toi :

— Que fais-tu par ici ?

— Je voyage avec ma bulle à la recherche de mon trésor. La grenouille m'a conseillé de me rendre à la rivière, savez-vous pourquoi ?

— Oh sûrement pour y trouver La Table des demandes.

— Pouvez-vous m'en dire plus ? demandes-tu.

— Nous connaissons bien cet endroit. Nous nous y retrouvons avec nos amis à l'occasion de grandes fêtes, peut-être pourrons-nous t'y rencontrer un jour ! Puis ils s'envolent en reprenant leur danse merveilleuse.

Tu les suis du regard et poursuis tranquillement ta route, tout en mâchouillant un brin d'herbe. Le bruit de la rivière se fait de plus en plus présent, indiquant que tu t'en approches.

— Mais qu'est-ce qu'il y a là-bas ?

C'est une imposante table en pierre. Elle est là, au milieu de nulle part. Pour y accéder, tu dois marcher sur quelques rochers. Arrivée près de la Table, une voix s'élève :

— Bienvenue au Pays des vœux ! Comment t'appelles-tu ?

— Je m'appelle Domi.

— Je suis La Table des demandes. Dis-moi ce dont tu rêves et je te le donnerai sans condition.

— Eh bien, mon vœu est le suivant : je souhaite voyager parmi les étoiles ! affirmes-tu le sourire aux lèvres et les yeux pétillants. Tu ajoutes aussitôt : Mais est-ce vraiment possible ?

— Sache, Belle Âme, que tout souhait est réalisable. Pour cela, il faut d'abord demander, mais surtout y croire. Regarde, en mon centre, il y a un collier. Prends-le, tu en auras besoin pour ta prochaine étape, répond la Table.

Saisissant le bijou, tu le passes autour du cou et remarque qu'une petite clé se balance à son extrémité.

De l'étoile à la Source

— Je t'invite maintenant à partir à la recherche de l'Arbre Source. Par son intermédiaire, tu pourras accéder à ton rêve. C'est en direction du Sud.

Alors d'un claquement de doigts, tu fais apparaître ta bulle pour continuer ton voyage.

« Clac ! »

CHAPITRE 4
LE CHEMIN ÉCLAIRÉ

De l'étoile à la Source

À nouveau dans le ciel, tu suis les indications données par La Table des demandes. Tu serres la petite clé, un sourire aux lèvres. La coque de la bulle est tellement fine que tu peux ressentir le souffle du vent doux et léger sur ta peau. Tes sens sont en éveil.

Ta bulle prend davantage de hauteur. Elle monte, monte encore avec les courants d'air chaud. Tu ne vois pas le temps passer, ce voyage est si surprenant.

— Oh ! Une forêt en bas. J'ai envie d'aller l'explorer.

« Clac ! »

Instantanément, tu te retrouves à l'orée d'une clairière. Tu descends et suis le sentier pour y accéder. La nuit commence à tomber et les derniers rayons du soleil filtrent à travers les arbres. Ton regard est attiré par de petits points lumineux qui scintillent sur le sol. Ce sont des lucioles. Comme c'est merveilleux !

— Ici, commence ton chemin, dit une petite voix.

Au centre du pré se dessine une lueur un peu plus grosse, plus brillante.

— Mais c'est une lanterne ! Elle est posée là en plein milieu. Tu l'observes, la prends en main et la lèves à hauteur du visage. À l'intérieur, tu découvres une petite silhouette qui danse et gesticule. Ce personnage est tellement drôle, il pétille de joie. C'est une elfe, elle est si craquante avec sa robe verte, ses petites couettes et ses grands yeux bleus ! En quelques battements d'ailes, celle-ci vient se poser sur ta main libre.

— Coucou ! Je m'appelle Eléadora, qui veut dire « brindille étoilée ». J'offre mon aide à celui ou celle qui cherche le chemin.

— Bonjour, c'est un bien joli prénom. Moi, c'est Domi. Je suis à la recherche de l'Arbre Source. Peux-tu m'indiquer la direction ?

— Oui, avec plaisir ! Je vais même t'accompagner. Si tu es d'accord, bien sûr.

— Merci pour ta proposition, je serais heureuse de vivre cette expérience en ta compagnie. Je voyage à l'aide de ma bulle. Viens !

Et, en un instant, vous vous retrouvez dans les airs.

Tu déposes la lanterne tout près de la jolie boîte.

La petite elfe en sort aussitôt, elle ne tient pas en place. Quelle énergie !

— Waouh ! C'est cool ! Elle est magique cette bulle.

Marquant l'arrêt d'un mouvement sec, elle pointe la boîte du nez :

— Que contient-elle ?

— Divers outils pour m'aider dans mon aventure.

— Je peux les voir ?

— Oui ! Bien sûr. Il y a une besace, une fiole et une cloche.

— À quoi vont servir toutes ces choses ?

— Je te trouve bien curieuse ! Décontenancée, tu ajoutes : À vrai dire, je ne sais pas !

— Mais elle est superbe cette cloche ! S'écrie Eléadora. Tu sais, j'ai la faculté d'animer les objets, juste à l'aide de mon intention. Je suis télépathe, dit-elle fièrement en croisant ses petits bras sur la poitrine.

— Ah, c'est toi qui fais briller la lampe alors ? J'ai remarqué qu'elle ne contenait pas d'ampoule.

— Oui, c'est grâce à moi ! Et de la même manière, je vais faire tinter la cloche. Elle ferme les yeux et se concentre. Fait semblant d'ouvrir un œil et le referme aussi vite. La demoiselle est coquine. Tu n'es plus agacée mais plutôt amusée par ce petit être si espiègle. Soudain, on entend le bel objet tinter. Un sourire de satisfaction apparaît sur la frimousse de la petite elfe.

La bulle chemine tranquillement dans les airs, éclairée par la douce lumière de la lanterne. La nuit est étoilée et un petit halo entoure la lune. Eléadora s'est enfin posée. Vous êtes confortablement installées et profitez ensemble du panorama.

— Regarde, la constellation du Lion ! lui indiques-tu.

— C'est bien elle, tu as raison. À sa gauche, c'est la constellation de la Vierge et à sa droite, celle du Cancer.

— Quel surprenant et énigmatique petit personnage ! Capable de passer de l'hyperactivité au calme le plus parfait. De plus, elle est cultivée et dotée de certains pouvoirs. Bluffante ! te dis-tu.

— Il est tard, dit gentiment Eléadora. Tu dois te reposer, car demain, le chemin sera long.

— Ton amie a raison, tu te laisses alors bercer par les doux mouvements de la bulle jusque dans les bras de Morphée.

CHAPITRE 5
SUIVRE LA PLUME !

De l'étoile à la Source

Le jour se lève, faisant apparaître de douces nuances jaune-orangé. Tu contemples le paysage. On pourrait croire que tu es à l'étroit dans ton véhicule, mais pas du tout ! Ta bulle est très confortable et s'adapte à toutes les situations.

Près de toi, Eléadora s'active, elle fredonne un air gai et, comme la veille, sautille dans tous les sens. Elle est de si bonne humeur ! Quel bonheur de commencer la journée ainsi ! D'un battement d'ailes, elle se perche sur ton épaule. Dans cette immensité, la bulle continue sa danse toujours avec beaucoup de douceur. Soudain, un mouvement sur la droite, c'est un Héron ! Celui-ci se met à ta hauteur, à une distance d'un mètre environ. Il entame la conversation :

— Que fais-tu par ici ?

— Bonjour ! Mon amie et moi sommes à la recherche de l'Arbre Source. Sais-tu où nous pouvons le trouver ?

— Pourquoi le cherchez-vous ?

— J'ai fait un vœu auprès de La Table des demandes : celui de voyager parmi les étoiles. Pour y accéder, je dois d'abord me rendre près de lui.

— Voyager parmi les étoiles, quelle drôle d'idée ! s'exclame-t-il perplexe !

Il te montre un bois plus bas : Ce doit être là, ce lieu est étrange. On dit qu'il s'y passe de drôles de choses. Mais comment vas-tu l'identifier ? Il y a tant d'arbres dans ce bois, relève-t-il d'un ton moqueur.

— Elle le reconnaîtra, dès qu'elle le verra ! intervient Eléadora d'un ton ferme.

— Mouais ! Quelle perte de temps. Si j'étais toi, je ne m'y aventurerais pas, insiste-t-il.

— Oh ! Mais tu n'es pas elle ! ajoute la petite elfe d'un air agacé.

L'attitude d'Eléadora te surprend. Tu interpelles alors le volatile : Et toi, Monsieur le Héron, que fais-tu par-là ?

— Je cherche mon dîner. Les temps sont durs.

— Peut-être devrais-tu t'adresser à La Table des demandes ? lui suggères-tu, sourire aux lèvres.

— Ça ne risque pas ! marmonne Eléadora.

— Pff ! Si c'était si facile, ça se saurait ! rétorque le Héron. Je dois y aller, je n'ai pas le temps de m'amuser, moi. Bonne chance, vous en aurez besoin. Puis il s'éloigne à tire-d'aile, en laissant quelques plumes derrière lui.

— Merci ! Bonne chance à toi aussi, lui cries-tu alors qu'il est déjà loin.

— Quel rabat-joie ! s'exclame Eléadora. D'un coup, elle te montre une des plumes du doigt. Et si on la suivait ? dit-elle enthousiasmée.

— D'accord, on y va !

La plume, d'un blanc pur, a entamé sa descente en direction du bois. C'est avec légèreté et grâce qu'elle passe à travers les branchages des arbres jusqu'à venir se poser doucement sur le sol.

Ta bulle atterrit tout en délicatesse. Elle ne peut aller plus loin. Tiens, une goutte, deux gouttes, la pluie commence à tomber. Tu sautes de ton véhicule et te saisis d'une grande feuille pour te protéger. Il fait sombre, une odeur âcre se dégage du sol. Il règne dans ce lieu une drôle d'ambiance. L'avertissement du Héron te revient à l'esprit.

À l'aide de la lanterne vous éclairez le chemin.

La présence d'Eléadora sur ton épaule est plutôt rassurante. La plume quant à elle, poussée par de petites bourrasques, avance tranquillement. Elle passe entre les gouttes et indique la direction.

— Dommage que je ne puisse pas me servir de ma bulle pour accéder directement à l'arbre, dis-tu, un peu désabusée.

— Cela fait sûrement partie de l'expérience, répond Eléadora.

— Tu as certainement raison !

Cela fait maintenant plusieurs heures que l'expédition a commencé.

— Je ne pensais pas que ce serait si dur ! signifies-tu.

En effet, c'est un vrai parcours du combattant où il faut se baisser, écarter les branches, franchir des zones denses. Parfois, vous vous retrouvez dans une impasse, vous obligeant à faire demi-tour. Une certaine lassitude s'installe. L'atmosphère devient de plus en plus pesante. Qui plus est, des bruits mystérieux et autres craquements bizarres se font entendre.

— Qu'est-ce que c'est ? sursautes-tu.

— C'est le hululement d'une chouette. Rien de méchant, répond ton amie.

La plume, quant à elle, continue son voyage et se pose délicatement sur un gros tronc d'arbre. Celui-ci est immense, il te barre la route. La pluie a cessé.

— Oh là, là ! Jamais nous ne parviendrons à passer. Viens Eléadora, faisons demi-tour. Finalement, cette aventure n'est peut-être pas pour moi, constates-tu, découragée face à l'ampleur de l'obstacle.

— Tu sais, quand on veut quelque chose, il faut s'en donner les moyens. Pense à ton rêve ! Si tu arrêtes l'aventure maintenant, n'auras-tu pas de regrets ? répond Eléadora en faisant tinter la cloche. Saute par-dessus l'arbre, contourne-le, tout problème a une solution !

Tu tentes de l'écouter attentivement, cependant, il y a du mouvement autour de toi. De petits animaux tous plus curieux les uns que les autres sont venus à votre rencontre, alcrtés par le bruit de la cloche. C'est Le Petit Peuple des bois.

— Mais, tout le monde me regarde. Jamais, je n'y arriverai…

— Mais si, continue à chercher, insiste Eléadora.

Alors tu inspectes l'obstacle sous toutes ses coutures. Il faut se rendre à l'évidence, tu ne peux décidément pas passer par-dessus lui. Tu balaies du regard les alentours. Tu aperçois plus loin du lierre ainsi que quelques morceaux de bois morts et d'écorces.

— Je vais me confectionner un outil ! dis-tu avec détermination.

— Parfait, je préfère cette attitude. La petite elfe vole autour de toi. Elle frappe des mains pour t'encourager. Tu commences l'assemblage des divers éléments et, quelques essais plus tard, tu finis par obtenir un objet ressemblant à une pelle. Après avoir testé sa solidité, tu te mets à creuser sous l'arbre. À ta grande surprise, la terre est assez meuble, elle contient beaucoup d'humus et de feuilles mortes.

Un lapin vient t'aider, ça paraît si facile pour lui. Tu lui souris avec complicité et hoches la tête en signe de gratitude. Après quelques efforts, vous voilà de l'autre côté. Le Petit Peuple des bois te félicite et t'applaudit. Un blaireau avance vers toi et t'offre de partager le gros fruit rouge qu'il s'apprêtait à déguster.

— Bravo ! Tiens, c'est pour toi !

— Hum ! Il est délicieux merci ! Tu en proposes un petit morceau à Eléadora qui le boulotte sur-le-champ.

Le lapin décline la proposition et te remercie.

— Je passais par ici, c'est avec bon cœur que je t'ai apporté mon aide. Au revoir, et il s'en va rejoindre sa famille.

— Merci, merci à tous.

— Pour nous aussi, il est temps de se mettre en route. Viens, dit Eléadora en tirant sur ta robe. Nous avons encore du chemin à parcourir avant d'arriver à destination.

Vous reprenez votre route, cette fois avec entrain. La végétation est beaucoup moins dense, un arc-en-ciel a fait son apparition.

Au détour d'un sentier, tu découvres une fleur des plus magnifiques. Son pédoncule est immense et ses pétales sont irisés de rose et d'or. Elle possède une certaine aura. Celle-ci t'interpelle :

— Veux-tu me sentir ? Mon parfum vaut de l'or ! J'apporte chance et abondance à celui qui me respire. Je me nomme Melvéda.

Encore bouche bée, tu ne sais pourquoi, tu t'empresses de passer ton chemin d'un

— Oh ! comme tu es belle et si gracieuse ! Tu parais si forte et si délicate à la fois. Jamais je n'oserai m'approcher de toi ou te toucher.

Eléadora vole à ta hauteur et stoppe ton avancée en se postant devant toi :

— La vie t'offre des cadeaux, pourquoi ne les acceptes-tu pas ?

— Je ne sais pas, c'est comme ça ! Trop beau pour être vrai, comme on dit chez moi.

La petite elfe ne renchérit pas. Le temps passe, tu cherches à nouveau la plume du regard. Cette fois-ci, elle s'est envolée pour de bon.

Brusquement, tu t'exclames : Eléadora, c'est lui, le voilà !

De l'étoile à la Source

CHAPITRE 6

L'ARBRE SOURCE

De l'étoile à la Source

L'arbre trône là, sa silhouette est majestueuse. C'est un Cèdre, son tronc est énorme et tellement imposant. Ses branches supérieures sont érigées, celles du milieu très évasées et celles du bas, infléchies. Sa cime paraît inaccessible au vu de sa grandeur. Un peu intimidée, tu avances vers lui.

— Bonjour, dit l'arbre.

— Bonjour, réponds-tu, un peu surprise par cette voix grave et profonde.

Quelque chose en toi se sent comme attirée par cet arbre remarquable. Étonnée de cette soudaine envie, tu lui demandes : Puis-je me blottir contre toi ?

— Je t'en prie ! Celui-ci esquisse un large sourire et son tronc se gonfle.

Tu cherches la petite elfe du regard pour partager ce moment, mais celle-ci s'est volatilisée. Tu accroches la lanterne à la branche d'arbre la plus proche. Elle s'est éteinte. Au sol, une feuille attire ton attention, une inscription mentionne : « Le meilleur est à venir ! Crois-en toi. »

Tu es particulièrement émue de cette attention. Alors, tu t'approches de l'arbre et l'entoure de tes bras.

— Je suis l'Arbre Source. Ceux qui viennent à ma rencontre ont en général un besoin ou une demande. Quel est le tien ?

— Eh bien, je rêve de voyager parmi les étoiles. La Table des demandes m'a indiqué que tu pourrais m'aider.

— En effet, tu es au bon endroit. Pour réaliser ton vœu, il te faut à la fois du courage et de la détermination. As-tu assez confiance en toi et en tes capacités ?

— Euh pas vraiment ! J'ai failli faire demi-tour à mi-chemin pour venir te rencontrer.

— Tiens donc, et qu'est-ce qui a provoqué cela ?

— La fatigue, je pense.

— Qu'est-ce qui t'a donné la force de poursuivre l'aventure alors ?

— Les encouragements de mon amie Eléadora et du Petit Peuple des bois.
Ce sont des aides extérieures. Pour la suite, il te faut être motivée. Es-tu vraiment déterminée à aller jusqu'au bout de l'aventure ?
— Oh oui !
— Très bien ! As-tu apporté ta besace ?
— Oui, la voilà.
— Dépose-la à terre, s'il te plaît. Maintenant, faisons un point sur ton parcours. Comment l'as-tu vécu ?
— Heureuse de vivre cette aventure. J'ai découvert grâce à ma bulle des paysages magnifiques et fait de très belles rencontres.
— Quand as-tu voulu renoncer ?

— Lorsque nous avons traversé le bois avec Eléadora. Il pleuvait et l'atmosphère était pesante. La rencontre avec le Héron juste avant m'a fait douter. Il était très pessimiste et moqueur.

— Eh bien, il a failli réussir, dis-moi ! Et ensuite ?

— Encouragée par mon amie la petite elfe, j'ai persévéré et trouvé des solutions pour arriver jusqu'à toi.

— Ah ! Tu as fait preuve de créativité et de persévérance ! Tu vois bien que tu as ces qualités en toi, souligne-t-il. Le comportement du Héron et ses propos t'ont déstabilisée, car ils sont venus conforter certaines de tes croyances. Puis tes peurs ont pris le dessus et ont participé à faire baisser ton énergie. Alors, la fatigue et le découragement sont apparus.

— Oh oui ! C'est sûr !

— Maintenant que tu as conscience de ces freins, parce que ce sont des freins. Il t'est possible de t'en débarrasser. Pour cela, je t'invite à utiliser la besace, ainsi que ces pierres par terre. L'arbre continue : Pour chaque caillou, une peur ou une croyance, énonce-les à voix haute et dépose-les ensuite dans le sac. En matérialisant ce que tu ne veux plus par leur intermédiaire, tu pourras mieux t'en défaire.

Alors tu te mets en action et énonces :

— Peur de ne pas y arriver, peur du regard des autres… Et voilà, c'est fait !

— Comment te sens-tu ?
— Plus légère !
— À présent, jouons ! Le fait d'avoir des baisses d'énergie rend plus vulnérable, ne dit-on pas être flagada ou avoir la pêche !! Aussi, je vais t'indiquer comment te maintenir dans une bonne énergie. Tu vas

voir, c'est très simple. Nomme tout ce qui te fait du bien, tout ce que tu aimes, tout ce qui te procure de la joie, grave ces mots sur mon tronc, s'il te plaît.

— Là maintenant ? Il y aura assez de place ?

— Oui, c'est magique, tout ce que tu inscris se diffuse à travers mon tronc, mes racines, mes branches, tel un rayonnement. Sois attentive à ce que chaque mot te procure une sensation, c'est très important.

Tu commences par écrire "ÉCLAT DE RIRE" sur le tronc du Cèdre. D'un seul coup, les mots se retrouvent dans les airs dans un flash lumineux, puis se dissipent instantanément vers l'intérieur de l'arbre. C'est fabuleux, de petits frissons agréables parcourent ton corps, un sourire apparaît sur ton visage. Avec entrain, tu continues l'exercice. "AIMER DE TOUT MON CŒUR" etc… Le temps passe vite, le fait d'énumérer tout ce qui te fait du bien, te stimule et booste ton énergie.

La brume est tombée et une odeur boisée s'élève. Tu lèves la tête, mais d'où tu te trouves, il t'est impossible de distinguer le ciel à travers les branches. Le Cèdre reprend :

— Ton intention, ton rêve est de voyager parmi les étoiles. Aussi, je t'invite à aller à la rencontre de celle qui te guidera. Emporte la fiole avec toi, elle contient un concentré de ton énergie. Tu pourras ainsi te ressourcer à tout moment.
— Je suis prête pour l'aventure ! t'exclames-tu.
— Ah, ah ! Allez, monte, grimpe plus haut, encore plus haut, tu en es capable, tu sais où tu vas.

Ton ascension commence, maladroitement au départ, puis tu t'enhardis, tu sautes et rebondis de branche en branche comme sur un trampoline.
— You hou ! Excellent !

L'arbre est ravi, il s'amuse à te voir évoluer ainsi. Ses branches souples font des vagues, tu glisses, tu ris. Parfois, tu descends d'un étage ou tu loupes une branche, peu importe. De temps en temps, tu prends une petite gorgée. Ta persévérance et ta détermination paient, tu atteins la cime du Cèdre à la nuit tombée.

Te voilà tout près des étoiles. Waouh ! La vue de la canopée est époustouflante. C'est un instant suspendu dans le temps. Ton rêve s'est réalisé, tu as réussi ! Une étoile scintille plus que les autres. Elle t'interpelle et se dirige vers toi.

— Eh, toi ! Oui, toi en bas ! Je suis ton étoile ! Tu peux venir me rejoindre, viens !

CHAPITRE 7
PARMI LES ÉTOILES

Suspendue sur ta branche, les yeux écarquillés, tu te mets sur la pointe des pieds, tu t'étires de tout ton long et parviens ainsi à toucher le dôme qui te sépare de l'étoile. Au contact de ton doigt, un petit trou se forme et en un éclair, tu es aspirée et te retrouves, campée sur tes jambes, sur la traînée de l'étoile.

— You Hou ! C'est génial.

— Félicitations Domi ! Je me présente : Espérancia, je suis ton étoile de naissance. Je te parle souvent, mais tu ne m'entends pas, te fit-elle remarquer avec une pointe d'humour. J'utilise Noellia comme messagère.

— Oh ! À l'avenir, je serai plus à l'écoute ! relèves-tu, un peu gênée.

— Aujourd'hui, tu vas réaliser ton vœu, et même plus encore. Mais avant, saluons quelques-unes de mes amies. Leur rôle, vois-tu, est d'éclairer, d'aider et de soutenir tout un chacun, t'indique Espérancia.

À sa demande, plusieurs étoiles se sont regroupées :

— Je suis Jaspy, le rouge me sied à merveille, je suis l'étoile du moment présent et de l'ancrage pour ceux qui sont un peu tête en l'air.

— Cornaline ! Ma couleur est l'orange. Avec moi : plus de spontanéité ! Je stimule la joie et la vitalité.

— Je suis Citrine, de jaune vêtue. J'aide ceux qui doutent à acquérir la confiance en eux.

— Je porte le doux nom de Quartzy Rose, l'étoile de l'amour et du réconfort. J'apaise et guéris les blessures, les peines. Si tu as besoin de douceur, je suis là.

— Aventurine. De couleur verte, je favorise l'ouverture d'esprit et la liberté, je facilite les prises de décision.

— Je suis Apatite, auréolée de bleu. Je gère la communication et l'écoute. En manque d'inspiration ? Relie-toi à moi.

— Je suis Fluorita et ma couleur est violette. J'apporte l'équilibre et la stabilité à celui qui me cherche.

En suspension dans les airs, tu prends le temps de les saluer une à une :

— Enchantée de faire votre connaissance!

Les étoiles se dandinent et se trémoussent.

Apatite, l'étoile de la communication, s'adresse à toi :

— Quelle joie de te rencontrer ! Ce n'est pas tous les jours que nous avons de la visite. Peu d'humains savent qu'ils peuvent compter sur nous, ils préfèrent utiliser nos sœurs jumelles sur terre !

— Oui, oui, c'est tellement chouette de vivre des expériences enrichissantes, reprend Aventurine.

— En tout cas, moi, je ne manquerai pas de vous contacter si j'en ressens le besoin, leur annonces-tu.

— Oh merci ! Allez, les filles, retournons à nos places respectives. Faisons briller nos robes encore plus que d'habitude, enrichit Fluorita, l'étoile de l'équilibre.

En un instant, tout ce petit monde a retrouvé sa place, sous le regard attendri d'Espérancia.

CHAPITRE 8

LA PORTE DES LUMIÈRES

De l'étoile à la Source

À califourchon sur la traîne de l'étoile, tu tentes de repérer ton Arbre Source, mais vous vous êtes tellement éloignées de la Terre que celui-ci a disparu.

— Tu es prête ? Accroche-toi ! Espérancia accélère, puis entreprend un virage à 45 degrés. La galaxie est constellée d'étoiles, de planètes et de trous noirs. C'est magnifique. Regarde à droite, reprend-elle, c'est La Terre des étoiles disparues. Certaines, après avoir brillé et vibré, viennent se reposer ici, le temps de retrouver leur éclat. D'autres deviendront poussières, d'autres encore resteront endormies des milliers d'années jusqu'à être appelées de nouveau. C'est Le Peuple des étoiles qui veille sur elles.

— Qui est Le Peuple des étoiles ?

— C'est une civilisation qui a existé un temps sur Terre et qui, aujourd'hui, a disparu. Ceux qui la peuplent ont en charge le bon fonctionnement de l'univers et participent à son équilibre.

— Est-ce que les étoiles de ma famille reposent sur La Terre des étoiles disparues ?

— Oui ! souhaites-tu que l'on se rapproche un peu ?

— Je veux bien !

Ta vue se brouille un peu, d'un revers de manche, tu essuies tes paupières.

— Tu sais que tu peux demander l'aide de notre amie Quartzy Rose, l'étoile de l'amour et du réconfort ?

— J'y pensais justement !

— Utilise ton intention comme l'aurait fait la petite elfe, appelle l'étoile et connecte-toi à elle.

Tu fermes les yeux, aussitôt, une douce chaleur réconfortante t'enveloppe. Espérancia te laisse le temps de récupérer de tes émotions et reprend : ici, pas de notions de temps ou d'espace, une fois leur mission accomplie, les étoiles retrouvent leur famille d'âmes. C'est ainsi ! Regarde comme ce lieu est paisible.

— Merci de m'y avoir emmené. C'est un moment important pour moi, car maintenant je sais.

Vous reprenez votre route et vous vous dirigez cette fois vers un des trous noirs. Au loin, un point lumineux. Celui-ci grossit à mesure que vous vous en approchez. La lumière s'intensifie.

Arrivée à destination, L'étoile s'immobilise : voici la Porte des Lumières. Entre ! On t'attend à l'intérieur. Je reste ici.

La traîne de l'étoile s'agrandit et s'illumine jusqu'à te déposer sur le seuil. Les deux battants de la porte s'entrouvrent. À l'intérieur, tu découvres quatre personnages vêtus de blanc, positionnés en cercle.

À ton arrivée, le cercle qu'ils formaient s'ouvre. Tu ne vois pas leurs visages. Les accords d'une harpe mélodieuse accompagnée d'une flûte, d'un carillon et de chants cristallins résonnent.

L'un d'eux se dirige vers toi et te remet un coffre. Tu découvres une phrase : « Toi seule a la clé ».

En posant ta main sur ta poitrine, tu leur signifies ta gratitude et ton respect et les remercies pour ce présent puis tu retournes sur l'étoile.

— C'est un précieux cadeau que tu tiens entre tes mains, tu sais. Prends-en soin ! Rentrons maintenant.

CHAPITRE 9
MELVEDA

De l'étoile à la Source

En un éclair, vous voilà au-dessus de l'arbre.

— Tu m'as permis de réaliser mon vœu. Je t'en suis si reconnaissante !

— À très bientôt Domi, et n'oublie pas d'écouter cette petite voix à l'intérieur de toi !

L'étoile repart aussitôt reprendre sa place dans l'univers. Quant à toi, tu entames la descente de l'arbre et retrouves la terre ferme. La petite besace est toujours au même endroit. Elle paraît beaucoup plus légère maintenant. Après vérification, oui ! Tout a disparu. Tu décides donc de t'en servir pour y glisser ton précieux cadeau à l'intérieur. La voix du Cèdre s'élève une nouvelle fois : Alors ! Cette expérience ?

— Fantastique, émouvante, inoubliable !

— Tant que ça !

— Oui, fantastique, car j'ai rencontré Espérancia, mon étoile, mon guide. Émouvante, car j'ai découvert qu'il existe d'autres planètes habitées, et inoubliable car j'ai reçu un cadeau. Je ne sais pas ce qu'il contient, mais je sens qu'il est précieux.

— Eh bien, quelle aventure ! Tu as l'air d'avoir plus d'assurance maintenant.

— J'ai fait la connaissance d'autres étoiles, notamment de l'Étoile Aventurine. Grâce à elle, j'ai envie de découvrir et d'explorer d'autres univers à l'occasion. Je me sens l'âme d'une aventurière aujourd'hui.

— J'en suis très heureux ! Alors, le temps est venu de retourner voir la fleur «Melveda» pour respirer son doux parfum, car tu as gagné en confiance, ces expériences t'ont fait grandir. Ensuite, tu pourras retourner à La Table des demandes pour y déposer ton présent et accéder à ton trésor, tu touches au but. Reviens quand tu veux, je serai toujours là pour toi.

Remerciant le Cèdre, tu te diriges vers le bois. La fleur est là, à quelques mètres, resplendissante. Ton regard a changé, finalement elle n'est pas si impressionnante malgré sa grandeur. Alors, tu saisis sa tige de tes deux mains et la secoues énergiquement.

Melvéda entonne de mélodieux « Chance », « Abondance », ses pétales s'ouvrent avec grâce, une brume s'en échappe et reste en suspension dans l'air quelques secondes puis retombent en pluie vers le sol.

De l'étoile à la Source

CHAPITRE 10
LA FONTAINE DE L'AMOUR

Enivrée par ce délicieux parfum, tu te diriges vers l'entrée du bois et y retrouves ton véhicule. « Clac ! »

Instantanément, te voilà téléportée près de la rivière.

Aussitôt déposée, ta bulle s'évapore et disparaît. La Table des demandes est à une dizaine de mètres devant toi. Celle-ci est couverte de papillons. À ton approche, ils s'envolent et forment un bouquet coloré. Tu reconnais les deux papillons noir et blanc précédemment rencontrés. Quel tableau !

Avec précaution, tu sors le coffret de la besace. Tu retires ton collier et utilises la clé pour l'ouvrir. Les battements de ton cœur s'accélèrent, que contient-il ? À l'intérieur, se trouve un calice posé sur un magnifique écrin rouge. La coupe est sertie d'incrustations d'or et de pierres précieuses. Sur son socle, on peut lire le nom « Espérancia » l'étoile de l'Espoir ! Une voix s'élève, c'est celle de la Table :

— Bonjour Domi, ravie de te revoir. Je constate que tu as en ta possession La Coupe. Dépose-la en mon centre, s'il te plaît.

Au contact de l'objet, la magie opère, la table en pierre se transforme en une fontaine. Au même moment, apparaît la petite elfe, celle-ci vient se poser sur ton épaule, son endroit favori.

— Oh ma belle amie, je suis si heureuse de te voir !

— Je t'avais bien dit de croire en toi et que le meilleur était à venir. Félicitations, tu es l'héroïne accomplie de ton histoire, car tu as trouvé ton trésor. Regarde la Source, elle coule de la Fontaine de l'Amour. Cette eau précieuse, limpide et pure, est remplie de bienfaits. Vois-tu comment elle se déverse.

L'eau coule à flots et se propage dans la rivière pour se répandre dans le plan d'eau, la cascade… Avec les rayons du soleil, on aperçoit une multitude de filaments dorés briller à la surface.

— Regarde ! N'est-ce pas merveilleux de les voir si joyeux ! C'est une vraie célébration car celui ou celle qui trouve son trésor en fait profiter les autres, te fait remarquer Eléadora.

En effet, le Petit Peuple des bois et celui de la rivière se sont tous réunis autour du plan d'eau, ils sautent, dansent et rient. Même le Héron est de la partie, les deux pattes dans l'eau, il paraît hypnotisé par tous ces poissons qui frétillent autour de lui. Il lève la tête et s'adresse à toi.

— Dis donc, c'est l'abondance ici ! Quelle chance !

— Tout le m….

De l'étoile à la Source

CHAPITRE 11
LE JOLI PRÉSENT

De l'étoile à la Source

Bzzz, bzzz, une vibration suivie d'une douce mélodie répétitive résonne dans la chambre.

C'est l'heure de se lever. Domi baisse la couette sous son menton, éteint son réveil et reste là, les yeux rivés sur le plafond.

— Quel drôle de rêve ! Elle ouvre les bras et fait l'étoile, un sourire aux lèvres.Elle se souvient de chaque détail, surprenant.

Elle se lève, s'étire puis enfile sa robe de chambre. Elle se rend directement dans le salon où trône un magnifique sapin qu'elle avait commencé à décorer la veille, le déjeuner attendra.

Elle prend l'étoile restée sur le buffet et l'accroche en haut de l'arbre en fredonnant un air gai, puis se dirige vers le placard du couloir.

Elle se saisit d'une boite, l'entrouvre : à l'intérieur, de précieux objets du passé chers à son cœur.

Ce soir, nous serons à nouveau réunis, pense-t-elle, ravie à l'idée de retrouver les siens.

En effet, ces deux dernières années, les rassemblements se sont espacés à la suite du décès de membres de la famille. Domi s'est volontairement mise en retrait, un besoin assumé.

Il y a quelques semaines, se sentant prête, elle a donc lancé les invitations. Tous ont répondu présents assez rapidement.

Aujourd'hui, elle s'affaire à terminer les préparatifs de cette soirée.

Quelques heures plus tard, les convives arrivent. Passés les premiers émois, embrassades et accolades, chacun dépose ses présents au pied du sapin. Pour les plus grands, ils seront ouverts à minuit et le Père

Noël ne passera que dans la nuit pour les plus petits. Tous sont heureux et félicitent leur hôte pour la décoration particulièrement soignée et réussie.

Les rires fusent, l'ambiance est chaleureuse.

— Joyeux Noël !!! entend-on à minuit.

La distribution commence, chacun y va de ses remerciements et commentaires.

—Tu es vraiment rayonnante ce soir ! Joli présent, dis-moi ! souligne un convive. Comptes-tu reprendre l'écriture ? s'enquiert-il en montrant le coffret qu'elle tient entre ses mains.

— Merci ! Oui, un cadeau qui tombe à point nommé. J'ai justement en projet d'écrire un roman d'aventure.

— Tiens donc ?

— J'ai envie de tenter l'expérience, d'explorer d'autres thèmes.

— Je ne savais pas que tu avais une âme d'aventurière.

— Moi non plus jusqu'à aujourd'hui.

Changeant de conversation, elle montre l'assemblée les yeux brillants d'émotion :

— Regarde-les, c'est mon plus beau cadeau. Quelle joie d'être à nouveau réunis !

Un peu plus tard, Domi sort prendre l'air sur le balcon. Une étoile brille plus que les autres. Elle ferme les yeux.

Ce Noël fera date et sera le point de départ d'une nouvelle vie pour Dominique, car elle se mettra à l'ouvrage dès le lendemain.

Quelques mois plus tard, des opportunités professionnelles se présenteront à elle. Avec confiance et enthousiasme, elle s'engagera dans cette nouvelle aventure qui sera riche d'échanges et de partages. On peut dire aujourd'hui que c'est une véritable globe-trotteuse. La Bohémienne avait vu juste, sa prédiction s'est bien réalisée !

De l'étoile à la Source

A propos de l'auteure

« Le voyage est un retour à l'essentiel »

Nom : PROFAULT
Prénom : Patricia
Age : 62 ans
Situation familiale : Mariée
Enfants : 3
Lieu de Résidence : Héric (Loire-Atlantique) – France
Animaux : Le chat de notre fille (en pension)
Hobbies : La créativité, la peinture, le chant, la marche

Son parcours professionnel

- Pendant 15 ans secrétaire fonction publique
- Formation professionnelle en peinture décorative avec une spécialisation à l'aérographie
- Reiki 4e degré
- Art Thérapie Transpersonnel
- Expositions – Salons Bien Être
- Accompagnement Bien Être en individuel et en groupe
- Animation ateliers créatifs foyers logement/maisons de retraite

Son parcours en tant qu'auteure aux éditions Eveil & Vous

De l'étoile à la Source

On m'a dit un jour : « On ne peut transmettre que ce que l'on a appris ». C'est vrai !
J'ai une grande expertise en qualité d'aidante auprès de membres de ma famille. Une
pensée particulière pour mes proches qui ont rejoint la Terre des étoiles disparues.
La conception de ce livre s'est révélée être un vrai parcours riche de sens, comme
toutes mes créations.
Ce devait être une méditation audio, mais au fil du temps, je me suis prise au jeu et
c'est devenu un voyage et conte initiatiques.
Jamais, je n'aurai imaginé qu'il puisse être si porteur.
Je remercie Lise, mon éditrice, pour son accompagnement et son professionnalisme.

Eveil & Vous est une maison d'éditions humaniste, petite structure par sa taille, mais grande par le cœur. Les valeurs qu'elle véhicule me parlent tellement. Merci de
m'accueillir en tant qu'auteure et illustratrice !
Parfois, un mot suffit pour changer une vie.
Souvent, un pas suffit pour changer sa vie.

Vous retrouverez également Patricia dans notre galerie d'édition d'art.

Dans la même collection

RECREATURE 2020

Confinée avec une Perlette de quatre ans sans jardin (Lise Larbalestrier)

Les gracieuses tribulations d'une brouette (Gracieuse Robert)

Un été d'enfer (Lise Larbalestrier)

RECREATURE 2021

Inghen (Françoise Bernard)

Les gracieuses tribulations d'une fourchette (Gracieuse Robert)

Wistman's Wood (Les sibyllines aventures de Scarlett Lineti)

Cupcake fever (Lise Larbalestrier)

69, Clipper Lane (Thalie Gri)

RECREATURE SUMMER 2021

Millefeu et la spirale de l'escargot (Lise Larbalestrier)

Les gracieuses tribulations d'une biquette (Gracieuse Robert)

Vies multiples (Magali Malbos)

Les rêves d'Aymeline (Karine Feather)

RECREATURE ORIGINAL EDITION 2022

Ysaline la guérisseuse (Selena D.)

Madame Eugénie (Gracieuse Robert)

Millefeu begins (Lise Larbalestrier)

Le sort en est jeté (Christine Ode)

ROMANS INITIATIQUES

Adénora (Selena D.)

Coraline (Selena D.)

Eveil & Vous : Récits d'un eveil tome 1 & tome 2 (Lise Larbalestrier)

De l'étoile à la Source

TELECHARGER

INFOS

www.evartcademie.com

Bienvenue dans notre boutique

Un espace conçu pour inspirer, guider et soutenir votre voyage vers une vie plus épanouissante et enrichissante.
Nous croyons fermement que chaque individu a le potentiel de croître, de s'épanouir et de réaliser ses rêves les plus profonds. C'est pourquoi nous avons soigneusement sélectionné une collection de livres, de supports et d'outils spécialement conçus pour nourrir votre esprit, votre corps et votre âme.

De l'étoile à la Source

De l'étoile à la Source

CREONS QUELQUE CHOSE ENSEMBLE !

en pdf imprimé
ou sur la liseuse

 ABONNEZ-VOUS ET RECEVEZ LE PDF DE LA MINI FORMATION DIGITALE LA NARRATION VISUELLE

WWW.EVARTCADEMIE.COM

De l'étoile à la Source